詩集
わが東京・蒲田・六郷川

鈴木　登志夫

目次

おれの死ぬ時

おれの死ぬ時ゃ　自爆でござい
敵の空母とネ　無理心中ょ　ダンチョネ
――大戦末期に合唱したダンチョネ節

大戦末期に兵隊に取られていた　詩人の黒田三郎は
ぼんやりと「死ぬ順番を待って」いたと言う
東京空襲の被災学徒だった　十六歳のぼくもまた
少年工に動員されて　本土決戦の日を待っていた

海軍特別幹部練習生に　見事合格した城山三郎は
飛ぶための機材はおろか　その燃料さえも乏しくなり
潜水服を着て海にもぐり　来攻する敵艦船の船底を
爆薬で突く　伏龍特攻隊の訓練を受けていた

「おれも世界もこうして暮れてゆくのだ」と呟《つぶや》くのは
厩《うまや》当番兵の姿で　夕陽《ゆうひ》を眺めていた　詩人の谷川雁だ
思えば　本当のことなど　何ひとつ知らされないままに
理不尽な死を強制されつづけた　無惨な青春だった

犠牲者の数の　徒《いたず》らな増大は　無能な為政者が
繰り返した　愚劣な戦略・戦術の賜物《たまもの》に他ならない
ぼくは持たぬ　再び暮れなずむ　この世への感慨などは
ただに願う　齢《よわい》九十を越えた今　静かに消え去らんと

（二〇一九年七月）

註
＊黒田三郎　（一九一九〜一九八〇）、「詩集・ひとりの女に」など。
＊城山三郎　（一九二七〜二〇〇七）、作家、「落日燃ゆ」など。
＊谷川　雁　（一九二三〜一九九五）、「詩集・大地の商人」など。

故 飯坂慶一君へ

友がみなわれよりえらく見ゆる日よ
花を買いきて
妻としたしむ

石川啄木

岩手を故郷とする　きみの母校は　名門といわれ
石川啄木　宮沢賢治という　先輩詩歌人だけではなく
米内光政　及川古志郎など　昭和大戦当時の
軍部大臣　将軍提督をも　多く輩出していた

歴史探偵を自称する半藤一利は　「えらく見ゆる」友の一人に
米内よりは啄木のクラスに近い　及川の名を挙げていた
ぼくは　その可否を　啄木に詳しいきみに尋ねたことがあった
唐突な質問だったせいか　きみは静かに微笑したままだった

海軍が「ノー」と言えば　開戦は避けられる筈だった
優柔不断の近衛首相も　それを期待していたらしい
しかし　及川海相の結論は　「総理一任」だった
かくて近衛は内閣を投げ出し　東條独裁への道が開かれた……

かつて夭折《ようせつ》した友へは　「帰ってこい」とぼくは呼びかけた
だが　きみの許へは近々　ぼくが直接にお伺いするよ
お互いに寝そべったままで　じっくりと語り合うために
宿題となった啄木と及川とのかかわりを　御教示願うために

（二〇一八年十月）

或る年金生活者の自画像

アルチュール・ランボーは　年金生活に憧れていた
詩を捨ててアフリカで　武器などを売る死の商人となり
資産を作り金利を得て　自由人としての余生を夢みたとか
だが　当然のように彼の志は　むなしく挫折する

戦中のぼくらには　二十代後半の人生は考えられず
本土決戦ともなれば　体当りと玉砕の日を待つだけだった
戦後に体験した　結核療養の日々もまた　きびしいもので
どうにも先が見えず　生命《いのち》の軽さだけが目立っていた

志など立てようもないままに　空襲と肺病から生き残ると
以後は　新しい憲法と　年功序列の動く歩道《エスカレーター》とに護《まも》られて
四十年　ようやく定年後の年金ぐらしに辿り着けたのだった
この一介の俗人としての幸《しあわ》せには　感謝しなければなるまい

とはいえ　世に勝誇っているのは　死の商人ばかりではないか
非情な彼等が　ランボーの言う見者や　自由人で在る筈もない
おとなしく耄碌《もうろく》したことを悔《く》いつつも　ぼくは米寿の杖を引いて
手取額が減らされた年金の　支払窓口に列《なら》ぼうとしている

（二〇一八年二月）

註
＊アルチュール・ランボー　（一八五四〜一八九一）。フランスの詩人。北仏シャルルヴィルの生れ。早熟の天才と呼ばれ、「着色版画集」「地獄の季節」などの詩集で知られる。十九歳以後は詩作をやめて、各地を放浪し、アフリカなどで貿易に従事した。病を得て帰国し、マルセイユで没した。三十七歳。

蔵書の終活について

「これは不要」「これも捨てよう」　米寿の年を迎えて
遅まきながら　ぼくが始めたのは　身の回りのモノたちの
とりわけ蔵書の類の　片付け作業だった　ぼく自身が
この世に無用となる以上　残すべきモノなど在る筈もなかった

たしかに本は　ぼくの歳月であり　記憶そのものだった
魅力的な言葉に出会えば　繰返し読み　唱えたがために
原形をとどめないほどに　表紙の痛みきったモノもあった
だが　それが　ぼくの血肉となり得たかどうかは　疑わしい

かつて　地獄からの使者Ｂ29に追われ　辞書・教科書はおろか
身の回りのモノの一切を失った　戦災学徒のぼくには
戦後もきびしかったくらしの中で　乏しい小遣いから
貴重な一冊一冊を積み上げてきた　懐かしさだけが残っている

さもあらばあれ　わが作業は一向にはかどらず　今日もまた
途方にくれたままの　ぼくの夕暮れが訪れてきていた
明日も　探し続けるとしても　果して見つけられるだろうか
ぼくが火葬に付される際の　焚きつけとなすべき　幾冊かを

（二〇一七年六月）

従兄《いとこ》・小次郎さんのこと
――或年の六郷神社大祭の思い出

祭りは　懐《なつ》かしくも戻らない月日と　帰らない人々を蘇《よみがえ》らせる
あの朝　御座船《ござぶね》で羽田へと　華やかに川下りをした　大神輿《おおみこし》は
夜になって　賑やかさを増した旧堤防の道を　帰ってきた
ぼくたちは　わが六郷との町境まで　出迎えに出かけたのだ

小三のチビ助だったぼくを　連れてってくれたのが彼だった
人混みに埋没しかねないぼくが　高々と抱き上げられたり
肩車をされて見たもの　神輿や山車《だし》や高張提灯の連なる光景が
いまは遠く　風に乗って聞こえてくる　笛太鼓のお囃子《おはやし》と重なる

あの曳船祭《ひきふねまつり》は　昭和十二年の六月　ああ　八十年は夢のようだ
翌七月には　北支に銃声が響き　太平洋戦争へとつながった
帰郷して現役入隊がきまった彼の　その後の消息もないままに
二十年一月の戦没地が　台湾台東郡火焼島海岸と知らされた

護国の鬼として散華《さんげ》？　あの優しかった彼が　なぜ鬼なのか
沈められた船からの　漂着遺体とさせられて　なぜ華なのか
ぼくは憎む　時の為政者たちの　いかがわしい言語感覚を
おお　また風に乗って　子供神輿の甲高《かんだか》い歓声が近づいてくる

（二〇一六年六月）

おいてきぼりの人生について

振り返れば　ぼく自身の　生来ののろまさの故《ゆえ》に
人さまからは　あっさりと　おいてきぼりを食ったり
やること　なすこと　とかくタイミングのずれた結果を
もたらしただけの　パッとしない人生だったようだ

だが　いま　はからずも米寿を迎えようとするとき
わが宿命の　おいてきぼりも　タイミングの悪さも
決して　ぼくの不運とか不幸の要因などではなく
むしろ　長生きを保証してくれた条件だったと気付く

城南大空襲で　炸裂する焼夷弾の火焔を躱《かわ》せたのも
立川で　Ｐ51の機銃掃射を　畑一枚で逃《のが》れられたのも
戦後は　清瀬の療養所で　両肺の手術に耐え得たのも
死神から　おいてきぼりにされたからに他《ほか》なるまい

蒲田の開《あ》かずの踏切で　特急つばめに手を振った少年も
単身赴任の島ぐらしの日の歳末　東京行き最終便の橘丸を
淋しく見送ったぼくも　今度こそは　おいてきぼりも
タイミング・ミスもなく　平和な乗客としての旅立ちを願う

（二〇一六年四月）

「陸にあがった海軍展」に寄せて
神奈川県立歴史博物館にて

好奇心溢れる少年だった従兄は　幼かったぼくを連れて
慶応大学のキャンパスとなった　日吉の山の探検に出かけ
森の中で見つけた小鳥の巣や　藪の茂みで拾った
硬式のテニスボールなどを　ぼくの大事な宝物にしてくれた

あれから僅か十年の後に　かのテニスコート周辺の地下には
連合艦隊司令部の　堅固な洞窟が　縦横に堀りめぐらされ
「陸にあがった海軍」は　漫画のカッパどころではなく
戦艦「大和」の特攻出撃も　ここからの指令だったとか

かつて　バルチック艦隊を壊滅させた　わが帝国海軍は
過去の栄光に驕り　みずからのカッコ良さにも酔い
致命的な過誤を重ねても　反省とは全く無縁のまま
最後には正真正銘の「お山の大将」に成り果てた

今も　山裾を流れるのは矢上川　その川べりの木月の町には
なつかしい母方の祖母の実家の　古い家屋敷が在った
戦後七十年　なおも生々しく訴える　展示物の数々が
娑婆へと戻る　ぼくの歩みを　大きく反転させる

（二〇一五年三月）

註
＊「陸にあがった海軍」　太平洋戦争末期の昭和十九年（一九四四）九月、既に主力の艦船部隊を失っていたわが連合艦隊は当時、旗艦としていた巡洋艦「大淀」から、その司令部を横浜市日吉の慶大校舎及びその周辺の地下壕へ移転した。時の司令長官は豊田副武大将。更に昭和二十年（一九四五）五月以降八月終戦までの最後の司令長官は小沢治三郎中将。
＊神奈川県立歴史博物館（横浜市中区）は、平成二十七年（二〇一五）一月から三月まで「陸にあがった海軍展」を開催し、収集、発掘した多くの資料を展示した。

大桟橋にて

秋風やいくさ初まり港なるただの船さへ見て悲しけれ
与謝野晶子

あれは昭和十七年八月　太平洋開戦後　初の夏休みの一日
中学生のぼくは　何故かひとり　大桟橋をさまよっていた
人影の見えない岸壁には　二隻の客船が繋がれていた
手前が日本郵船の鹿島丸　奥は同じく浅間丸と知った

浅間丸は　つい先年まで　桑港航路の女王と呼ばれていた
鹿島丸もまた　欧州航路などの　花やかな経歴を有していた
かつては　五色のテープが舞う　出港の日の記憶もあって
軍需品の積載を待つ両船の姿は　無性に淋しそうだった

記録はぼくを暗澹《あんたん》とさせる　微用船舶と船員の犠牲は甚大で
あの鹿島丸は　昭和十八年九月　ベトナムのカムラン湾沖で
女王浅間丸は　翌十九年十一月の　南シナ海バシー海峡で
共に　アメリカ潜水艦の雷撃を受け　沈没し果てている

戦後の大桟橋では「QE2」を仰ぎ「飛鳥Ⅱ」にも魅せられ
歓声に包まれる「にっぽん丸」の　出港を見送ったりもした
だが　その都度　ぼくの眼底に　必ず蘇ってくるものは
遠い少年の日の　余りにも淋しい　夏の日の情景だった

（二〇一四年九月）

註　＊引用の歌　本年八月、与謝野晶子の未発表短歌（昭和十二年作）として新聞報道されたもの。
＊「QE2」　イギリスの大型客船、クイーン・エリザベス2世号のこと。
＊「飛鳥Ⅱ」　日本郵船の客船名。
＊「にっぽん丸」　商船三井の客船名。

建物強制疎開の想い出（昭和二十年春）

わびしさは太綱引きて埃立てどうと倒る、家を見る時

湯川秀樹

六郷国民学校にも　軍隊が入ったとは聞いていた
だが　本土決戦に備えての　精鋭部隊などではなく
見るからに老兵・弱兵と呼ぶべき　オッさんたちばかりで
防火帯造りのための　家屋撤去作業の要員だった

対象とされたわが家も　既に壊《こわ》されてしまっていたが
さして遠くはない　母方の実家の離れに引越して
中学生のぼくは　そこから動員先に通っていた　が
或日　国道沿いの遠縁宅の　作業を見守るハメとなった

「見ちゃらんねぇや」と口惜しげに呟いて　姿を消したのは
明治以来　この屋敷のご当主だった　顔見知りの爺さまだ
なけなしの酒を引っかけてきたのか　赤ら顔だったが
目頭《めがしら》には熱く光るものがあって　ぼくには今も忘れ難い

三月の本所・深川に続き　四月はわが蒲田・川崎だった
強制疎開に遭った家も残された家も　悉く灰燼に帰し
御上《おかみ》の防災対策の一切が　全くの役立たずだった
兵舎となったわが母校も亦　見事に焼け落ちていた

（二〇一五年一〇月）

註

＊建物強制疎開　昭和十九年の防空法改正により東京などの大都市を中心に建物の強制疎開が実施された。
＊引用の短歌　歌人吉井勇の遺品の中には交流のあった湯川博士からの書簡があり、最近その内容が解明されたとの新聞報道によって紹介された戦争末期の荒涼たる京都の町を詠んだ博士の一首。
＊六郷国民学校　昭和十六年四月一日から全国の小学校は国民学校に改称させられたが、敗戦後の昭和二十二年四月一日には再び元の小学校名に戻された。
＊三月の本所・深川　昭和二十年三月十日の東京下町の大空襲。一夜にして十万人の犠牲者を生じた。
＊四月の蒲田・川崎　翌月四月十五日の城南地区の大空襲。京浜工業地帯が一挙に潰滅させられた。

駆逐艦の名前　Ⅰ

お向かいの荒物屋のお兄ちゃんが　海軍に採《と》られたとき
父はぼくの手を引いて　横須賀まで面会に行った
海兵団の売店で買って貰った　軍艦写真集の絵はがきが
幼少年期のぼくを　無類の駆逐艦ファンにさせた

絵はがきでカッコ良かったのは　特型一番艦の「吹雪《ふぶき》」で
「白雪」「初雪」「深雪《みゆき》」と共に　第十一駆逐隊を編成していた
他《ほか》にも　「朝霧」「夕霧」とか「海風」「江風《かわかぜ》」などの雄姿は
今も　ぼくの中に消えがたい記憶であり　なつかしい名残《なごり》である

呆然と立ちつくすしかなかった敗戦の焼跡で　ぼくは知った
わが憧れの駆逐艦群の殆どが　かのソロモン諸島周辺で
南海の藻屑と化し　あれらの優美な艦名を背負ったまま
万余の若者たちが　痛ましい犠牲となっていたことを

開戦時の第二十七駆逐隊は　「有明」「夕暮」「白露」「時雨《しぐれ》」
気象予報などの一切が禁じられていた　愚かな戦いの日々を経て
目眩《めくる》めく想いで　初めて「歳時記」を開いた日に　ぼくは見た
「永遠のサイレント・ネイビイ」として　彼等が海底から蘇《よみがえ》るのを

（二〇一四年二月）

註
＊特型駆逐艦　一九二八年竣工の「吹雪」は、当時としては画期的な高性能艦で特型と呼ばれ、以後、多数の同型艦、後継艦が就役し、太平洋戦争の第一線で活躍したが、その殆どが失われてしまった。
＊駆逐隊　旧海軍の場合、通常は四隻の同型艦で、駆逐隊を組み、複数の駆逐隊を以って、軽巡洋艦を旗艦とする水雷戦隊を構成していた。

駆逐艦の名前　Ⅱ

戦後数十年を経て　ガダルカナル周辺の水域で行われた
アメリカ海軍の沈船調査のテレビ画面を　ぼくは想い起す
彼我入り乱れて海底に眠る　凄まじいまでの鉄骨の残骸から
砕かれた艦尾の艦名板に遺《のこ》る　「あ」の字が浮かび上った

この水域の喪失艦で　「あ」の字のつくのは「暁《あかつき》」と「綾波《あやなみ》」とか
おお　ぼくの記憶の中の「暁」は　「雷《いかずち》」「電《いなずま》」「響《ひびき》」と共に
第6駆逐隊を組んでいて　わが横須賀の所属艦だった
「綾波」は「磯波《いそなみ》」「浦波《うらなみ》」「敷波《しきなみ》」と共に第19隊で　籍は呉の筈

「ここだ　ここだ」と　どよめくような掛け声を　ぼくは聞いた
調査隊のサーチライトの方向に　「あ」の字を持ち上げようと
繊毛《せんもう》の蠕動《ぜんどう》にも似た　蒼白な腕《かいな》の束を　海底に蠢《うごめ》かす
亡霊でしかない彼等の　ひたむきな作業姿をも　ぼくは見た

「帰ってこい　帰ってこい」と　幻の群像に　ぼくは呼びかける
君たちのソロモンからの復員先は　断じて靖国の社《やしろ》などではない
かつての母港を見下ろす　緑濃い故山の麓へ戻るのだ
戦いの日の真実を伝える　「永遠《とわ》の語《かた》り部《べ》」となるために

（二〇一四年三月）

註　＊旧海軍の母港は、横須賀、呉、佐世保と舞鶴が軍港とされていて、鎮守府が置かれ、海軍工廠などの施設があった（現在も海上自衛隊の基地となっている）。

東京初空襲の思い出

「あれは？」宮部君の指さす彼方　黒い機影を追って
茶褐色の煙が流れ　高射砲の炸裂音が響いていた
昭和十七年四月十八日の昼下がり　中二の友二人は
当時の荏原区小山にあった　旧制八中の屋上にいた

空母ホーネットを発進した　B─25双発爆撃機による
東京初空襲は　敵ながら見事というべき奇襲であり
三年後には全都を焦土と化する　最初の一撃だった
かの硬骨の記者　桐生悠々の指摘どおりのシーンだった

帝都が襲われ宸襟を悩ませたと　山本長官は恐懼し
真珠湾で討ち洩らした　敵空母群をおびき出すべく
六月にはミッドウエイ作戦が　強引に展開されるが
無残にも大敗を喫し　戦局は一挙に坂道を転げ落ちる

少年たちも　大いなる歴史の転回点に立たされていた
むき出しの無邪気さのまま　瓦礫に埋没しかねなかった
ぼくはいま　縁薄かった母校の　焼け落ちた八角塔を偲び
戦後は歯科医となるも既に故人と聞く　宮部君を憶《おも》う

（二〇一三年六月）

註　＊旧制八中　旧東京府立第八中学校。正面玄関の上部に八角形の塔屋根があった。現・都立小山台高校（品川区）の前身。
＊桐生悠々　ジャーナリスト。昭和八年、信濃毎日新聞主筆のとき「関東防空大演習を嗤う」の論説が軍部の反感を買い、同紙から追放された。
＊山本長官　当時の連合艦隊司令長官・山本五十六提督。ミッドウエイ敗戦のあと、昭和十八年四月、ブーゲンビル島にて戦死。

勲章と桜

生き残ったからこそ　比較することができる
空襲被災による瓦礫と　大津波によるそれとの違いを
一方は焼き尽くされて　一種の清潔感さえあったが
黒い泥流をかぶった方は　生臭く凄惨な感じを否めない

東京都民十万人を　無残にも焼き殺してくれた
Ｂ―29爆撃機隊司令官　カーチス・ルメイ将軍は
帰国に際し　天皇から勲一等旭日章を授与された
（航空自衛隊の創設功労者としてだったが……）

戦後日本の新エネルギー政策のリーダーは　中曽根康弘氏
結果的に　福島二百万県民を　塗炭の苦しみに陥れ
うち二十万の人たちから　故郷の地を根こそぎ奪っても
今なお　昂然と　大勲位の栄誉を担っておられる

一九四五年四月　焼け棒ッ杭となっていた桜
二〇一三年三月　早くも満開となった今年の桜
ひんまがっていた鉄塔も　垂れ下がっていた高圧線も
見事に復元され　原子力発電所の再稼働につながっている

（二〇一三年三月）

エノコログサに寄せて

母と子の手には　首相官邸の垣根の草むらで摘んだ
可憐なエノコログサの　みどりの束が揺れていた
十万人を超えるデモを背に　親子は取材されていた
ＮＨＫテレビの　午後七時からのニュースの中で

福島から五時間かけて上京し　直ぐにこのデモに
参加したのだという　かの被災地フクシマでは
外に出て遊ぶことができず　野草も摘めないという
週末を利用して来た　明るい表情の母と子だった

何故か　かたくなに　市民デモの報道を控えていた
ＮＨＫにしては　殊勝な取材だったと　ぼくは思う
昔　父親の生地で堪能した　緑濃い夏の日の記憶
かの里人が　東京のエノコログサに慰められるとは

あの母と子の週末の宿は　都内の親戚か　友の家か
いずれにせよ　また五時間かけて　被災地フクシマの
不自由な被災民の暮らしへと　帰って行くのであろう
ぼくは願う　けなげなる親子に　無上の幸いあれ　と

（二〇一二年七月）

註　＊エノコログサ　イネ科の野草。ネコジャラシの別名あり。

三月の川波

「あれが阿多多羅山　あの光るのが阿武隈川」と
智恵子が教えたのは　福島県安達郡のパノラマだ
そこはまた　わが父祖の郷里でもあり　いまや
見えない放射能の　被災地フクシマと　なってしまった

大正中期　阿武隈の川辺に佇む　若き日の父の
背後には　稲田と桑畑が　遠く山麗にまで続いていた
ここ多摩川の岸辺にも　母たちの汗する桃と梨の里があった
おお　彼等の穏やかな眼差しを　ぼくは既に持ち得ない

たしかに　春三月の　やわらかな川波の照り返しは
芽吹いた葦原に　美しい色と形の輝きを見せてはいる
だが　川の辺の菩提寺に憩う　わが両親の傍らには
戦災瓦礫に埋もれた　死者たちも眠っているのだ

わが終末の居場所を　この地に定めはしたものの
ぼくの想いは　いま　母の川辺から　父の川辺へ
被災地トーキョウから　被災地フクシマへと
血のぬくもりを持つ旅情を伴って　逆流している

（二〇一二年三月）

註　＊「あれが阿多多羅山……」は高村光太郎の詩集「智恵子抄」の「樹下の二人」から。

極楽うなぎ

米寿の老友を　うなぎやの昼食で祝ったのは　二年前
別れ際の握手で「もう　これっきりになるかもね
お互いに老醜をさらしても仕方ないしな」と伝えると
「そう言うな　また　ここで会おう」と　彼は笑っていた

シンガポール攻略後　彼の属した近衛師団は
スマトラ島に上陸し　その地に終戦まで駐屯した
地獄と化した　ビルマやニューギニアに比すれば
ジャワやスマトラは　極楽とも言われていたらしい

復員した彼は　いつも　かの地をなつかしみ
インドネシア国歌を　原語で唱って聞かせたり
旧駐屯地の　北部アチェ州を襲ったインド洋大津波の
甚大な現地被害の報に　心を痛めてもいた

その彼が　米寿のあと　カミさんを亡くし　心身を病み
思い出の旧居をもたたみ　終末施設に入ったと聞く
東北の大津波も原発事故も　もう語れなくなってしまった
極楽うなぎも　また　遠くに流れ去ってしまった

（二〇一二年三月）

人災についての考察

わが故郷　東京の　一九二三年と　一九四五年
関東大震災の年と　二次大戦末期の大空襲の年
ぼくたちの　すぐ上の世代は　この凄惨な二度の経験を
生き延びた幸せを　むしろ　誇らしげに語っていた

二〇一一年の三月　あの日の激震に耐えたあと
東北沿岸で　なおも猛り狂う　大津波の映像を見ながら
ああ　ぼくもまた　遂に　戦災と震災との　両方の
被災者・体験者となるに至ったのだ　と気付く

長生きをすることが　もはや　幸せとはかぎらない
そんな時代を　生きなければならなくなったのだ
過集中の大都市や　巨大設備の事故が増幅させるもの
人は何故　かくも無残なものを　無下に呼び込むのか

戦争にも原爆にも　無反省な　わがリーダーたちが
絢爛と繰り出した　原発安全神話の　山鉾の巡幸
その行き着いた先が　今回の大震災だったのだ
呼び込んだのは彼等だった　人災とはそういうものだった

（二〇一一年十月）

高橋是清翁記念公園にて

「兵隊さんが騒動を起こし　本社の周辺は大変らしい」
出先勤めの父は　帰宅すると　一言ポツリと語った
多くの市民が　二・二六事件の内容を知ったのは
翌日の　新聞・ラジオのニュースによってであった

子ども心にも　何かを考えさせられた　最初の事件だった
達磨大臣の愛称で知られ　軍事費を削減した高橋是清
あの朝　このすぐ裏手の　近歩三の兵営を出発した
中橋基明中尉の一隊が　ここの私邸で彼を襲った

昭和維新を唱え　まなじりを決した青年将校たちの
拳銃弾数発と　軍刀による切創を受け　彼は即死した
いま　温顔微笑の和服姿の　彼の坐像の前に立つと
血まみれの動画のシーンと　残雪の記憶がよみがえる

「いまからでも遅くない　原隊へ帰れ」の呼びかけもあった
あれから七十五年　挫折すべくして挫折した維新の
行き着いた先は大戦であり　わが帝国の滅亡であった
セロハンに包まれた花束が一つ　つくねんと小雨に濡れていた

（二〇一一年二月）

註　＊近歩三《きんぽさん》　旧陸軍の近衛歩兵第三連隊の略称。兵舎は赤坂区一ッ木町（現在の港区赤坂五丁目・ＴＢＳ放送センターの所在地一帯）に在った。

バスを待って

バスを待ち大路の春をうたがはず
波郷

また一人　軍歴を持つ老友が　消えて行った
昭和十八年の晩秋　雨の日の神宮外苑のグラウンド
分列行進の軍靴が　水飛沫を撥ね返していた
生き残って　復員した彼は　ポツダム海軍少尉だった

わが政府は　六十五歳以上の国民を　老人とする
敗戦からも　既に六十五年を越す歳月が流れ
度忘れでもなく　痴呆症でもないのに　もはや
戦いの日々の　国民的記憶は　埒外に去った

華やかな頌歌《しょうか》に彩られる　わが街ＴＯＫＹＯには
砕かれた骨　流された血　黒焦げの遺体などの
忌まわしいものの一切は　綺麗に片付けられて
超高層ビルの群れが　朗然と競い建って行く

ぼくが待つ　お迎えのバスは　いま　那辺に在りや
分厚いコンクリート層に隠された　戦災瓦礫の下の
多摩川水系と富士火山群が形成した　関東ロームの
広大な地下沃野を　一心に走って来るのだろうか

（二〇一一年三月）

水辺に佇《たたず》んで　Ⅰ

鮭の群れは　ふるさとの水の匂いを忘れずに
生まれた河川を遡って　帰ってくるという
ここには　大いなる渡りを忘れた鳥たちもいて
かれらを漂鳥とか　留鳥とか呼ぶらしい

大いなる渡りなど　夢みはしなかったが
ぼくをして　ここに　留まらしめたものは何か
水の匂いと共にあったのは　火の香りだった
あの　忘れがたい夜の　劫火の匂いだった

したたかな　死にそこないの一面を　ぼくは持つ
そう　凶暴に炸裂する　ナパーム焼夷弾の林
炎の波に　燃えさかる海となった　わが街並みを
縫うように走り抜けた　少年の日の記憶

ともあれ　あとは　ここでしか生きられなかった
立ち帰るのは　いつも　あの日の光景だった
六十余年の歳月　すべての暦は元へと戻され
母なる川は　雲の影を映して　なおも流れている

（二〇一〇年四月）

水辺に佇んで Ⅱ

わが故郷《ふるさと》には　僅かに夕照《せきしょう》だけが　美しく残された
前世紀の　愚行百年の遺風がもたらした荒廃か
かの八景坂からの眺望《ながめ》は　とうに消え失せて
いまは　晩鐘も聞こえず　暮雪の風情《ふぜい》など更に無い

不死鳥の蘇《よみがえ》りは　ふたたび　みたびと　可能なのか
中小零細と呼ばれ続けて久しい　この町工場地区
かつては　東からの劫火に　無残に焼き払われ
いままた　西からの黄砂に呑みこまれようとしている

だが　凪《な》ぐ　風は猛《たけ》り　わななき　また　そよぎ　凪《な》ぐ
グローバルな息吹きが　激しくぶつかって巻けば
時に　良き上昇気流を生じないとは限るまい　それは
遠からず　此処の土に帰る　わが身のオプチミズム

むかし　滅法な暴れ川だった　母なる六郷川も
大正期の河川改修の成果か　とんとおとなしくなり
首都ＴＯＫＹＯの　野暮な高層ビルの林立を倒影し
河原の青テント村には　平和が不安定に蔓延している

（二〇一〇年七月）

註
＊八景坂　現在のＪＲ大森駅西口の天祖神社前を北へ上る坂道をいう。江戸期には景勝の地と知られ、中国名勝地の区分にならい、笠島の夜雨、鮫洲の晴嵐、大森の暮雪、羽田の帰帆、六郷の夕照、大藺の落雁、袖浦の秋月、池上の晩鐘を、この坂上からの八景勝覧とした。
＊河原の青テント村　第一京浜国道が多摩川を渡る六郷橋周辺の河川敷には、現在もホームレスの人たちの仮設住居が多く点在している。

羽田・五十間鼻にて

羽田・五十間鼻　六郷河口・海老取川との分流点
堤防に突き出て祀られている　水難供養の小さな祠
天変地異や水難火難　うちのめされる苦境にも耐えて
われらが祖先は　川沿いの菩提寺を守りつづけてきた

海は指呼の間だ　今日はその紺青の広がりの彼方に
房総の山脈が望まれ　内湾に澄んだ季節の影を落す
ぼくは遠い旅から　戻ったばかりの気分でいるが
しょせん　大仏掌上の　小人の足掻きにすぎまい

わが胸内に　大河を育てられなかったがゆえに
大海に押し出す力を　持ち得ないままに終った
非力こそ　ぼくの罪であり　また　罰なのだ
果して　末期の眼には　何が見えてくるというのか

おお　右岸から　ＪＡＬの大型機が着陸体勢に入る
Ａ滑走路に向けて　見事なソフトランディングを狙う
あの辺りだ　大正五年　三本葭と呼ばれた干潟は
墜死した玉井清太郎の　複葉機が舞い上がったのは

（二〇〇九年十一月）

註

＊五十間鼻《ごじゅっけんばな》　多摩川（六郷川）河口に近く、本流から支流の海老取川が分かれるところ。地元漁民にも、往時からの難所と知られ、震災・戦災時には犠牲者の漂着遺体も多かったと聞く。

＊三本葭《さんぼんよし》　昔、河口にあった砂州の島。大正五年（一九一六）、相羽有と玉井清太郎が日本飛行学校を設立し練習場とした。昭和六年（一九三一）、近くの羽田・鈴木新田に官営飛行場が開港するが、その素因となったと考えられる。

＊玉井清太郎《たまいせいたろう》　三重県出身の日本民間航空界草創期の飛行士。大正六年（一九一七）、宣伝飛行中に芝浦にて墜落死。享年二十五歳。

ある小学校の桜

春になって桜が満開になると　ぼくは必ず思い出す
この小学校での　七十年も前の合同区民葬のことを
英雄交響曲の荘重なマーチと共に　ぼくらが迎えたのは
全滅の噂も立っていた　郷土連隊の兵士たちの遺骨

「春の宵　さくらが咲くと　花ばかりさくら横ちょう
想い出す恋の昨日　君はもうここにいないと」
こう歌ったのは　先年亡くなった加藤周一だった
敗戦後のぼくが　畏敬しつづけた先達のひとり

駅へと向かう通学・通勤の都度　幾百回となく
ぼくはせわしなく　この学校の門前を往復したものだ
あの区民葬は　たしか　昭和十二年の晩秋だった筈
何故　ぼくは　春の花の時季に思い出すのだろうか

それは　樹下で落花にまみれている　二宮金次郎のせいだ
昔の彼の青銅の像は　献納されて白い石像に代わり
以来　ぼくの記憶も変わってしまったのだ　いいさ
ぼくよ　今は軽やかに老いよ　花散らす風に押されて

（二〇〇九年四月）

註
＊ある小学校　現在の大田区立新宿小学校のこと。
＊郷土連隊　陸軍の歩兵第百一連隊のこと。原隊は赤坂で東京出身者が多かった。加納部隊と呼ばれ、一九三七年秋の上海付近の戦闘で、死傷者多数を出した。連隊長の加納大佐も戦死。
＊加藤周一の詩作品―加藤周一（一九一九―二〇〇八）は作家・評論家。憲法「九条の会」の発起人の一人。「春の宵さくらが咲くと……」は一九四七年に、中村真一郎、福永武彦らと編んだ「マチネ・ポエティック詩集」から。

合同区民葬の思い出（昭和十二年）

今にして思えば　曲はベートーベン「英雄」の第二楽章
楽隊に続く在郷軍人たちの　胸に提げられた白布の包みは
上海戦線で倒れた　郷土兵団の兵士たちの遺骨だった
迎える小学三年生のぼくらの前を　葬列は式場へと曲がる

七月の盧溝橋に始まった北支事変は　中支へと拡大
八月　陸軍は東京第一師団管下の　予備兵役を召集
急遽　特設第百一師団を編成して　上海方面に投入
蒲田地区からも　多くの若者たちが応召して行った

新聞・ラジオのニュースは　皇軍の大勝利を伝えたが
上陸直後の呉淞クリークの　渡河作戦は大苦戦
子どもたちの耳にも　「加納部隊全滅」の噂が流れ
著名な俳優　友田恭助工兵伍長の悲報も届く

過ぐる六月には　六郷神社の大祭があったばかり
羽田まで陽気に　神輿を担いで行った連中の中には
肩に未だ　赤い腫れを残したまま出征した者もいたとか
遠い晩秋の日　式壇に積まれていた　白い骨箱の記憶

（二〇〇九年三月）

註
＊合同区民葬　戦没者に対して行われた各区の合同葬儀。この場合は旧蒲田区の区民葬。
＊呉淞クリーク　上海近郊の水路名。日中戦争初期の激戦地。
＊加納部隊　歩兵第百一連隊のこと。原隊は赤坂で東京出身者が多かった。連隊長の加納治郎大佐も戦死。
＊友田恭助（一八九九～一九三七）　当時の新劇俳優。蒲田にあった友田農園主の子息で、妻は女優の田村秋子。所属した工兵連隊は赤羽にあった。
＊六郷神社大祭　毎年六月に実施される。戦前は羽田地区も六郷神社の氏子だった。

龍田丸

かつての　日本郵船・北米航路の　花形三姉妹
浅間丸　龍田丸　秩父丸は　太平洋の女王と呼ばれ
舞台は横浜　想い出の新港埠党・四号岸壁を賑わす
豪華客船として　少年たちに夢と希望を与えもした

消しがたい記憶の底には　更に一枚の写真があった
サンフランシスコ湾に架けられた　金門橋の下を
悠然とくぐり抜ける　わが龍田丸の優美な姿にこそ
未知なる国々への船旅に憧れる　ぼくの原点があった

戦時海軍は姉妹を酷使　とりわけ龍田丸は悲惨だった
昭和十八年二月の暗夜　駆逐艦「山雲」に護衛されながら
御蔵島東方沖を南下中　敵潜水艦の雷撃を受けて轟沈
千五百名の乗船者は　誰一人救助されなかったという

後年　三宅支庁に勤務し　御蔵島を身近に眺めた時
また　サンフランシスコに旅し　金門橋を辿った折も
ぼくは　女王龍田丸の霊に　しばし黙祷して呟いた
太平洋暗黒化の元凶「帝国海軍の大バカヤロウ」と

（二〇〇八年八月）

「敵機識別図一覧」

テレビ画面一杯に広がる　B29東京空襲の映像
大編隊から一斉に投下された　無数の焼夷爆弾が
わが市街地へと向けて　強引に吸いこまれて行く
わあ　連日　あの真下にいて　よくも生き延びたものだ

また　武蔵野の櫟林の根方に伏せた　一動員学徒の
目の前の芋畑を　P51の二十ミリ機銃弾が走り
乾いた関東ローム層の　畝を縫うようにして
土煙りが舞い上がりもした　あの思い出の夏の日

いっぱしの　対空監視哨を気取っていた少年も
次々と急降下するＳＢＤ　乗員の顔さえ覗かせるＦ６Ｆ
さよりの魚身を光らせて過ぎるＰ38　などの群れを
滑稽な江戸火消しの扮装《いでたち》で　唖然と見送るしかなかった

昭和二十年の初頭から八月まで　持っていた文庫版
「敵機識別図一覧」　各機の特徴を示す黒い三面図集が
いま　老残の　わが前頭葉の　萎縮しつつある壁の奥に
なおも消しがたく　忘れがたく　よみがえってくる

（二〇〇七年八月）

註
＊Ｂ29　ボーイング社製の大型爆撃機。
＊Ｐ51　ノースアメリカン社製の小型戦闘機。
＊ＳＢＤ　ダグラス社製の艦上爆撃機。
＊Ｆ６Ｆ　グラマン社製の艦上戦闘機。
＊Ｐ38　ロッキード社製の双発戦闘機。

六郷水門にて

ぼくは知る　徘徊する悪鬼どものあやつる
攻撃型ヘリコプター集団からの　ロケット砲が
チグリス河畔の　パピルスを燃え上がらせた日から
夕暮れが決して　優しいものではなくなったことを

摩天楼の林立する首都の地で　世界を牛耳るのは
いまも　武器商人の群れと　その情婦たちなのだ
温厚篤実さをよそおう　陽気な紳士がたと
魅力的な美女と呼ぶしかない　蓮葉なレディたち

季節の言葉たちは　すでに力を失ってしまった
きみは言いきれるか　黄昏は常に美しかったと
消し去られる記憶の影を　絶えず意識せよ
さもないと歴史の教訓は　ついに蘇りえないのだ

重い水圧を　胸に湛えている　古い水門よ
きみはたしか　昭和六年春の竣工だった　いまはその
荒れたコンクリートの肌に　象眼された　ぼくの歳月を
母なる川の夕波が　ひたひたと逆流させている

（二〇〇七年十二月）

一人のホームレスの男が……

一人のホームレスの男が現れて　川岸に集う
ユリカモメの群れに　パン屑を投げ始めた
波除けブロックの上には　大きく羽ばたく鳥たちの
羽毛の白さのみが目立つ　荒涼たる春先の風景だった

いつの日か　ぼくは夏の少年だった　母はぼくに
麦藁帽をかぶせ　真昼の堤防へと送り出してくれた
だが　その頃には　昔の春を彩ったピンクの桃の花も
白い梨の花も　すでに消え去ってしまっていた

後に　少年の眼が見たもの　見ようとしなかったもの
焼け出された人々が　おびえひしめく河川敷には
テント張りの　仮包帯所が設けられていて
鉄橋下には　犠牲者たちの遺体が並べられていた

七十年の歳月　とうに釣具も　とりもち竿も失って
少年は　つましく老いた　金色に傾く日射しの中で
男はまだ投げ続けていた　灰色の土鳩をも引き寄せて
そこだけ　妙に　アットホームな気分を醸し出しながら

（二〇〇六年三月）

居場所のなかった人

亀山伊勢雄の思い出に

ロシヤ風のコートを　アストラカンの帽子できめて
何故か　若い女詩人を　颯爽と同道したりして
殺風景な　わが事務室に現れたことがあったっけ……
そう　あの時こそ　彼が消える　絶好の道行きだったのに

だが　ダンディな彼が消えることは　決してなかった
ひたすらに　日本浪漫派や　四季派にあこがれて
伊東静雄を愛し　立原道造の墓石を撫でたりして
年金証書を鞄に　漂泊する旅だけを夢みていた

彼は　ついに　彼自身の居場所を見つけられなかった
それでいて　最後まで　旅立つことをためらっていた
酔った仲間との意見の飛び交う　カウンターの片隅で
微笑しながら「そうか（も）しれない」とつぶやいて

亀さんよ　　あっちへ行っても　しょせん居場所はあるまい
ならば又　この世へ戻ってこいよ「詩都」の片隅こそ
亀さんの居場所　きびしい今世紀への　迎撃の拠点
かの年金証書をも　忘れずに持ち帰ってこいよ

（二〇〇六年九月）

江戸風鈴の唄

よそよそしく流れる川などはありえない
そんな町を　故郷《ふるさと》などとは呼ばないのだ
その日　堤防に沿った　桜青葉の並木が
不確実な季節の　確かな訪れを告げていた

母の墓所から持ち帰ったものは　ガラスの風
六月の香りが　窓辺の内にもたらされると
ガラスの玉と　ガラスの葉脈に　そよ風が触れて
はしなくも　透明なひびきを立てはじめる

「百年の愚行」の果ては　この世の地獄と化し
あわれ　ぼくたちの主《しゅ》は　救世《ぐぜ》の力を持たない
彼等は　眉を曇らせ　頬をひきつらせはしても
まじないの指一本も　動かすことができない

それでも　ぼくたちは唄う　楽天的な賛歌《ほめうた》を
河口から川上へと　つねに遡行する調べに和して
いまは　遠のいてしまった　海からの呼び声が
古い水難供養塔の基部に　届こうとするのを

（二〇〇五年六月）

嵐の夜のざわめき

わが軒端に生い繁る　庭先の樹々のざわめき
きみたちの梢を透かして　ぼくに見えてくるもの
昔の川　遠い海　消えた梨畑　古い家並
おお　そして　火の川　燃え上がる木立　炎の町

ぼくは知っている　この故郷の地には
死灰の層が　かなり部厚く　今なお残ることを
燃え尽きてしまった　褐色の瓦礫の底には
薄紙のように堆積する　歴史と文化があった

もはや　ぼくたちには　確実な死などはありえない
ただ　意識が　果てもなく遠ざかるとき
無数の微生物どもの手を借りて　彼らと
ひたすらに混じり合い　大きく土へと帰って行く

川は　幼かったぼくを　洪水の怖れにおののかせ
海は　稚かったぼくを　不安の深みに溺れさせた
だが　嵐の夜は　いっきに　それらの時間を押し流し
泥と砂の中にも　晴朗なイマージュを描き出す

（二〇〇五年八月）

古い愛の歌

あなたの　たおやかな腕に　いつのまにか
ぼくは　誘惑されてしまったにちがいない
いい匂いのする　河原の草のしとねの上で
ぼくのなかの炎は　激しくも優しくもなり得た

未完のままに老いた　この古い水門の傍らで
母なる河　否　世界のなかのすべての河川は
ぼくの体内の　暗い血潮ともつながっていて
あなたは　遠いインドの女神にも似ていた

だが　不可視な時代の逆流に　水門は忘れられ
呼び声も消えて　嘆きの遺物と化してしまった
いまこそ　鉄枠のはまる厚いガラス窓を破り
滑車をきしませて　門扉を開くべきなのだ

その夜　静かな夢を見て眠る　あなたの
なおもふくよかな胸に　ぼくはそっと掌を置く
その時だ　鼓動する永遠と　流れる水の音が
行き暮れたぼくの心に　再びよみがえるのは

（二〇〇四年九月）

こし方ゆく末

「聖なる蛮行」がくりかえされている
かつて　人類の大いなる文明が花ひらいた地で
市民たちの血は　痛ましくも砂漠に吸われ
祈祷の言葉は　ただ　むなしく埋もれてゆく

いったい　祈りとはなにか　願いとは何であったのか
期待をこめて開けられた　この世紀の箱からは
どうにも　えたいの知れない妖怪ばかりが
おどろおどろしく　飛び出してくるだけではないか

だが　ぼくのなかにある　不可思議な熱気は
いま　川の辺に咲く　けなげな花々と共に
心ときめかせる　価値ある思惟を広げ　頼もしくも
ぼくに　透明な夢の世界の在処を告げてくれる

だからこそ　ためらうな　静かに腰を上げよう
たしかに　ぼくは長生きをし過ぎてしまったが
なおも　美しさを残す　青い天空の一角をにらみ
氷のように溶けず　風と共に消え去らぬために

（二〇〇四年三月）

立春

いまは二月　たったそれだけ

立原道造

幾年かの月日　やくざな武器業者たちから
故なくも聞かされてきた　脅し文句　殺し文句
もう　うんざりだ　世界を荒廃させるためにある
やつらの似非《えせ》宗教の　電波による伝道などは

今朝も　中東からの　衛星送信の画面には
人の世の言葉も　音楽も　全く欠け落ちていた
だが　見事にかき消されてはいても　そこには
まぎれもなく在った　地に渦巻くものの姿が

ぼくには見えた　今は二月　たったそれだけ
それでも　わが故郷の河辺の　わが足元には
けなげにも　数多くの野生の植物の群れが
陽春に向けて　兆しの緑をおののかせているのが

おお　ぼくもまた　わが身に告げるべきときだ
たしかに　眼に見えないものたちが　ここかしこに
物音ひとつさせずに　何かを押し上げているのだ
途方もない未来を揺すり　草の根を起こしながら

（二〇〇四年二月）

以来ぼくは……

以来ぼくは　故郷を流れる川の　土手上のベンチで
おのれの無力さ加減に　坐りこんだまま
あくまでも灰色の流れと　対岸の工場群とを
見やるともなく　眺めているだけだった

それは　二〇〇一年九月十一日の　深夜の映像
たしかに　あのときは　ぼくの乏しい耳にも
あわただしく　世界の終末を告げて打ち鳴らす
予鈴の鐘の音が　聞こえたような気がした

富を得るための　巨大な欲望は手段を選ばない
武器商人　彼等の聖なる不忍耐と不寛容こそが
おそらくは　諸悪の根源であり　奴等こそ
この百年の愚行から　何一つ学ばなかった者たちだ

氷の冬は　まだ立ち去ろうとはしていない
固い蕾を濡らす雨を呼ぶ厚い雲の彼方には
ひたすらに　力だけで春を押し戻そうとする
黒い非情の手が　いまなお　見え隠れする

（二〇〇四年一月）

二〇〇一年九月十一日

人間の企みが　その企んだ以上の
凄惨な成果をもたらすためには
デーモニッシュな力を呼び込まなければなるまい
あの日　崩れ落ちるビルの真上に　ぼくが見たものは

決して　一輪の花の幻などではなかった
流れ出ることなど　あってはならないかのように
すべての犠牲の血は　瞬時に凍りつき
たちまちにして　燃え尽きてしまったのだ

ツゥインタワーこそは　新世紀のシンボル
その地は疑いもなく　ぼくたちのニューヨークであり
同時に　ぼくたちのトーキョウでもあったはずだ
おお　誰が　これ以上の嘆きの歌など唄いたいものか

神を気取る武器業者たちの　デマゴーグの横行
いや　あれは神でも人間でもない連中のプロパガンダだ
死者たちを悼む　慟哭の路上の　花束の下には
紛れもなく　新品のライフルが　不気味に光っていた

（二〇〇一年九月）

江戸おかまい

司法官僚として　トップクラスにまで昇りつめ
先般　故人となった友が　私に贈ってくれた「自伝」
生前は　ひもとく気もなかったが　いまは
拾い読みしながら　つい　引き込まれたりする

物心ついて人は　自己主張にはじまり
最後には　自己弁護に終わるのだろうか
生きて　働いて　彼が守ろうとしたもの
語ろうとしたものは　いったい　何だったのか

そう　私もまた　どこか遠くから帰ってきたようだ
もはや　あの市井の喧騒に立ち戻ることはないし
自己弁護の必要性など　みじんも認めたくない
むしろ　私は　江戸おかまいの身を自覚する

幕府から　故郷の田原に　蟄居を命ぜられた
華山・渡辺登の生涯に　妙に心魅かれる
ただ　私は　アベコベに明るく実践したいのだ
先生が天下に詫びた「不忠・不考」の道を

（二〇〇〇年九月）

註　＊「自伝」　元最高検察庁検事で弁護士だった畏友S氏の著書。
＊「不忠・不考」　渡辺崋山の遺書の中にある言葉。

海辺の墓地を

――畏友・大野克也の霊に

宇宙的未来ばかりが　喧伝されるこの世で
「病院があるといいね」「老人ホームも要るね」
「お寺がないよ　お墓もね」と　臨海副都心計画に寄せる
子どもたちの目の輝きを　きみは伝えてくれた

夢想も妄想も　東京人のまともな生き方ではあるまい
子どもたちは　とうにそのことを知っていたのだ
痛み　傷つき　年老いた人たちの　憩いの場所が
見はるかす予定地の彼方には　どこにもないことを

「ふるさとは丹波の山の中です」と微笑しながら
いつも海を見つめて仕事をしていた　きみは
「東京の詩を書きたい」とも願っていて
子どもたちの心を　安堵して受けとめていたのに

何故　見馴れた風景の外に　突如　消えてしまったのか？
いいさ　きみと眺めた　あの埋立地に　いつの日か
明るく　広大な　都立臨海霊園が生まれたら
ぼくは忘れずに　きみのお墓まいりに行くよ

（一九九八年九月）

註
＊大野克也は元港湾局勤務・「東京みなと館」館長・詩誌「詩都」の編集同人、一九九八年六月急逝。
＊第一連の子どもたち　港区立K小学校児童ら―の声は「詩都」二〇号に掲載された大野克也のエッセイ「新しいまちで」から。

六郷の風景

Ⅰ　馬力と牛車の唄

どう思い起こしても　颯爽とはしていなかった
美女エウロペを乗せた　ゼウスの雄牛でもなければ
勇士ペルセウスの　天馬ペガサスでもなかった
ギシギシ　ガタガタと　乾いた町なかの道を行った

馬方のおじさんに隠れて　ぼくがブラ下がったのは
いつも　重い材木を積んでいる荷馬車だった
けれど牛車のほうはダメだった　こちらは何故か
東京市清掃事業の　肥桶ばかりだったから

春には　ツバメが低く　通学路をよぎり
秋には　赤トンボの群れを　見上げていた
ああ　十二試艦戦　あのゼロ式戦闘機さえも
一号機は三菱工場を　牛車に積まれて出たという

そんな時代だった　河川改修工事の最終期は
土手下にひとり立って　いつか大人になったら
馬の引くトロッコを動かしてみたい　と憧れていた
消えた六十年　馬力も牛車も　ぼくの夢も

（一九九七年九月）

六郷の風景

Ⅱ　初秋の唄

土手下に沿う並木の町は　夏の疲れをにじませていた
草むらには　キチキチバッタも飛ばなくなり
深い秋への期待と不安が　水辺にもただよって
今日は　何故か　海鳥たちも姿を見せない

かぎりなく勤勉で　ときには陽気でさえもある
このかいわいの　工場労働者たちの幾人かが
作業衣のまま　昼休みの風にあたりにくる
だが　河口の方角にも　房総の山なみは見えない

四季の儀式は　どのようなものであれ　見るに値する
耐え難い悲しみも　至福のひとときも疑わしいが
人々はあっけなく　それらをのりこえてしまう
すみやかなる克服を！　そのためにこそ季節はある

犬を連れて　自転車を走らせた　少年の夢は
口笛を吹き　土手道を行き　そのまま帰らなかった
いや　彼は　犬を失った姿のまま　戻ってきていたのだ
ひとりぼっちの微笑を噛みながら　少し老いて

（一九九七年九月）

もはや旅立つまい
旧六郷町雑色・女子体操学校の思い出

女子大生と　女子運動選手には美人がいない？
それは　むかしから語られてきた　大ウソさ
アトランタでの　有森さんたちのことではなく
あれは　六十何年か前の　女子体操学校の校庭

いじめっ子の　がき大将のいたずらで
止まらなくなった　遊動円木にしがみついて
泣き出した私を　やさしく抱きおろしてくれた
女生徒の　ふくよかな腕とバストの記憶……

あのときの　甘酸っぱい香りにみちた思い出にも
昭和六年だかに完成の　近くの六郷水門から
ボートを繰り出す　彼女たちの青春の魅惑にも
幼な心は　胸のときめきを感じたものさ

あの頃の私は　いまよりもマセていたのではないか
だからこそ　私は旅立つまい　ここからは決して
秋立つ日の堤防をわたる　ゆるやかな風のままに
失いつづけることで　成熟してきた私ではないか

（一九九六年八月）

註　＊旧蒲田区六郷町雑色にあった女子体操学校は、その後、世田谷区に移転し、現在の日本体育大学の女子部となったようだ。

六郷どんど焚きの日に

幼い頃からの　見馴れた風景なのに
キラリと　清新さを感じさせるときがある
ひとつの行事が　いつもの額縁を拒んで
初めての切り口を　あらわにするとき

わが家の門や玄関　部屋の柱や壁に　正月の
申し訳のように　掲げられていた　輪飾りのたぐい
それらを無造作に包み　自転車の前籠に入れて
ぼくが辿り着いたのは　六郷橋のたもと

焼けただれていた　川崎コロンビアの広告塔
へし折られていた　味の素工場の煙突の群れ
罹災民のときと　同じ場所に立って　いま
五十年の平和を深呼吸する　ぼくの幸せ

既にして　土手下に立ち昇る　どんど焚きの煙
小さな太鼓のひびき　子どもたちの声のはしゃぎ
ためらわずに　遠く大師橋の方を見やれば
おりしも　ジャンボが一機　南へ向けて離陸して行った

（一九九六年一月）

ある飛行機雲に寄せて

とある冬の日の窓辺　沈む陽の輝き
むらさきに浮き立つ　駅前ビルディングの屋上には
あざやかにきらめく　紅蓮の竜巻と化して
ひとすじの飛行機雲が　西へと流れていた

いつか　福岡へと飛ぶトライスター機の円窓から
わが家に近い　多摩川の流れを見おろし
なぜか　なつかしい想いに駆られたことがあった
あのときの機も　西へと雲を引いていたのだろうか

あのときも　どこか地上では　誰かが
雲を引く機を　見送っていたのだろうか
どうして夕焼けが　こんなにも快く映えるのか
貧しい言葉などでは　到底捉えようもない　ひととき

浄土界からもたらされる　伝言にも似て
ため息をつかせるばかりの　色と形の記憶
やがて　くれないの飛行機雲は　静かに崩れはじめ
迫りくる夕闇のなかへと　溶けこんでいった

（一九九六年二月）

わがダンディズム

一九九五年夏　多摩川散策の折りに
大田区立の羽田老人ホームを見上げて

ゆきずまった時代の　若者たちに向かって
ひよわな花　ニッポン国の彼等に向かって
「飛躍を！」なんて　言わないことだ
「頑張って！」などと　言わないことだ

彼等は　たちまちに　空中浮揚を信じたり
あっさりと　出家を決意しかねないからだ
おお　誰が　ゆきずまってなどいるものか
やんごとなき　おれの歩みは　正にこれからなのだ

むかし　経済学説史で読んだ記憶のある
ワルラスやパレートは　たしかローザンヌ学派
おれは　いまや　まぎれもなき　老残の学徒
気取るすべなど全くない　わが二十一世紀の

おれの願いは　老残のダンディズム
いつの日か　町の特養ホームの片隅で
心眼を見開き　笑っていられれば　それでよい
落日に燃える　富士などを眺め尽くして

（一九九五年七月）

セイラム・コモンの朝

初冬のセイラム・コモン　つめたく透明な光のなかを
つややかな金髪の　若い女が歩いてくる
ノースリーブの黒衣に　むき出しの白い腕を軽く組んで
やや足早の　うつむき加減のままで

驚くべし　この薄着姿の美女は　そも何者か
さっき　すれちがったばかりの　吐く息も白く
愛犬を追って　駆け抜けていった少年は
すっぽりと　真冬仕立ての　トレパン姿だったのに

おお　早朝のコモンを　胸元に物語を秘めて
いま　あなたはよぎる　伏し目がちに
いったいどこへ　あなたは帰って行くのか
一瞬の恋のときめきに　ぼくをとまどわせて

朝帰りの聖女？　いや　それはただの　とある
きまぐれな娘の　いつもの散歩姿だったのかも……
遠去かる後姿を見送り　ようやく歩きだすぼくの肩に
はらりと一枚　黄ばんだメープルの葉が散りかかった

（一九九四年十一月）

註
＊セイラム市　ボストンの北方近郊にあり、ホーソン、モース、フェノロサなど、わが国でも知名の文化人と縁の深い町である。
＊コモン　町の広場。古くから政治集会、民兵の訓練、収穫祭などに利用され、今は公園化されている。

マーブルヘッド岬の墓地にて

マーブルヘッド　古い開拓の拠点にもなった港町
一六〇〇年代の　歴史の読める　小高い丘の上に
初期入植者の墓は　なぜか海に背を向けて並んでいた
苛酷なくらしに耐え得ず　多くが没したとも聞く

かつての日　ぼくは伊豆諸島の島々の
流人墓地を　訪ね歩いたことがあった
彼等の望郷の碑面はすべて　白い波頭の彼方の
もはや帰ることもない　故郷の地を呼んでいた

いったい　流人たちと　開拓者たちとの相違は何か
ヨーロッパの大地は　余りにも非情無残で
振り返って呼ぶにも価せず　魂たちは　なお
ひたすらに　中西部への夢を追ったのだろうか

おお　ぼくは郷愁の異国から来た　感傷的な旅人
病老貧苦にも屈せず　なおも　燃える夕陽を望んだ
彼等の夢と眠りとを　寸時も妨げてはなるまい
朽ちかけた墓石の際を　むやみにさまよったりして

（一九九四年十一月）

註　＊マーブルヘッド――セイラム市の東方に位置する港町。アメリカ海軍の発祥の地ともいわれる。

セイラム停車場にて

モータリゼーションが　もたらしたもの
鉄道産業の斜陽化と　合理化はきびしく
すでに無人化されて久しい　この駅のホームを
更に　乾いた北西の風となって吹きぬける

かぎりなく日本と　日本人を愛したモース博士は
その国からの訪客と聞くと　小雪降る日にも
機嫌よく　出迎えの馬車を　この駅へと走らせた
蒸気機関車の煤煙と　馬たちの吐く白い息

福沢諭吉の子息も　田中館愛橘も　北里柴三郎も
訪米の折りには　彼の暖かい世話になったとか
百年　必死になって　近代を学ぼうとした
先輩たちの情熱は　いま　どこへ消えようとするのか

どのあたりから　ぼくの夢も　ほつれてしまったのか
ほころびのいとぐちを探す旅で　ぼくは見る
単線のレールに沿って　風が透明な音楽となって
あなたの　豊かな髪を　ゆるやかにゆするのを

（一九九二年十月・セイラム市）

ロックポート行の列車内で

日本の秋は　見事に独立しているが
ここでのそれは　夏から一挙に冬へと向かう
きびしい気候変化の　束の間の有りようなのだ
深緑と黄と紅の林の中に　点在する白亜の住宅

いずれも　古いイギリスの村落名を名乗る
無人駅の周辺は　どこもひっそりとしていて
駅前広場の混雑などは　更になく
わずかに数台の車が　駐められているだけ

岬の果ての　終着駅へと向かう二時間を
ぼくの時計は　狂いもなく停まってしまっていた
流れゆく時を　いまこそ止どめ得たと知るとき
人の内部には　確実に甦るものが在るのではないか

入江が介入してきて　林を中断すると
海の深いブルーが　幻の秋の日射しに輝やき
そこでは　ゆるやかに海鳥が飛び交い
白いヨットの群れが　帆柱を休ませていたっけ……

（一九九二年十月・マサチューセッツ州）

ロックポートにて

豁然と視界がひらけ　碧空に一片の雲もなく
大西洋もまた　晩秋初冬の濃紺の一色
日本の磯にある　あの特有の香りがないのは
食用海草に乏しく　生の腐臭からも遠いということか

あの岬の　突端まで行ってみたい
断崖に這う木蔦の　紅葉のあでやかさはどうだ
だが　あそこでは　人は透明になりすぎて
海と空との　区別もなくなってしまう

あの果てでは　ものごとが見えすぎてしまう
かぎりなくこの地を愛しながら　一九八八年に
ついに帰らなかった一人の娘を記念して
慟哭の父が置いた　石のベンチが在った

人はやはり　ここでとどまるべきなのだ
二十歳のあなたは　余りにも遠くを望みすぎた……
新しい世紀は間近く　澄んだあなたの瞳には
振り返ってこそ　捉えられる筈だったのに……

（一九九二年十月・マサチューセッツ州）

ツーライト・ステートパークにて

嵐の夏のあとなのか　厳冬の前触れなのか
かくもおだやかな秋の一日が　ここにあろうとは
公園からの眺めは　音ひとつしない北大西洋の
はるかな沖合へまでつずく　青い穂波

港で見た巨船　ロイヤル・バイキング号の観光客か
金髪や銀髪の老女たちの姿が　ここでは目立つ
ぼくたちも　海浜レストランの庭先に出て
名物のロブスター料理の順番を待った

この画面の造形は　やはり油彩に託すべきか
だが　透明な風の匂いにも似た　旅の想いなどは
作品に醸すことはできない　哀しむべし
ぼくたちは　定住を許されない漂泊者なのだ

人に馴れて　もの怖じしない鴎たちに従いて
足元を踏みしめ　海蝕の岩場に下りる
静謐な光のなかに立ちのぼる　晩秋の余韻
ポートランド灯台の　白い吐息が聞こえてくる

（一九九二年十月・メイン州）

ニューヨークの地下鉄車内で

ハーレムに近い　コロンビア大学の前から
初めて　ニューヨークの地下鉄に乗った
お向いの黒人労働者は　ぼくの四倍の体重はありそうで
巨大なロードローラーほどの威圧感があった

古いフランスの映画「望郷」の主人公は
パリからの美女が醸す「地下鉄《メトロ》の匂い」に魅惑されたが
ここでは　あのものうい時間など流れることもなく
女性は　キャリア志向の　勉強家の学生が目立つだけ

一人の黒人青年が　何やら早口の演説を終えると
近くの席の白人の老女が　にこやかにコインを取り出した
暗い窓ガラスに映るのは　そんな車内風景だったが
人々の沈黙の表情にこそ　ゆたかな匂いがあった

ぼくの想いは帰る　未だ見ぬパリのそれにではなく
より明るく清潔な車内とはいえ　表情には乏しく
人間の匂いも何故か薄くなった　一千二百万都市
わが故郷　お江戸↓大東京を走る　地下鉄に

（一九九二年十月・ニューヨーク市）

ホーソン・ホテル

変身への処方は　所詮　旅にしかないのだろうか
アメリカ北東部　ボストン郊外のセーラムまで来て
「緋文字」の作者の名を冠する　ホテルのベッドで
ぼくは思う　彼の　税関吏からの変身のプロセスを

かつて　殷賑をきわめた　ダービー波止場には
東洋各地からの　黄金の帆船が集まって
色さまざまの旗を　潮風にひるがえし
白人種の誇りと喜びに湧く　文明の顔があった

幻は消えた　富と栄光の船団は　彼方へと去った
おお　生命を燃やし　希望を溢れさせていた日々よ
そんな過去を　さりげなく包む　異邦の町の夜は
霧に浮かぶ　教会の尖塔と　淡い外灯の光だけだ

だが　幼い真珠《パール》を抱いた　ヒロインの心意気が
この土地の歴史とは　不可分なものと識るときに
ぼくの中の　うつろな部分は　充たされはじめる
くりかえして浜辺を洗う　静かな波の音に

（一九九〇年十月・セイラム市）

註　＊「緋文字」　アメリカの作家ナザニエル・ホーソンの小説の題名。
＊パール　姦通を告発された女主人公ヘスタが生んだ娘の名。

ピーボディ博物館

はじめての眺めなのに　ひとは　なぜか
奇妙な　なつかしさを　覚えることはないか
ピーボディ博物館も　セーラムの町も
いまは　おだやかに　ぼくたちに語りかける

流れ去った時間が　磨かれた壁に飾られ
美しくピンで留められたまま　そこに在った
かれらこそ　最も野蛮な冒険心がもたらす
救いがたく　猥雑なシロモノだった筈なのに

大いなる航海の時代が　搾取して得た
数々の品々は　こよなき致富の証しともなって
得意満面の　白人船長たちの面魂を
古い港町の史実は　はしなくも伝えていた

おお　この地に沸き立っていた　アメリカの青春よ
その遠い喚声を耳に　博物館を辞するぼくの
足元の石畳の先には　洋楓の紅の落葉が
かさこそと舞う　白い秋の町並みがあった

（一九九〇年十月・セーラム市）

ダービー埠頭にて

セーラムの浜辺　ダービー波止場の一八四八年
税関吏ホーソンは　二階の窓際の椅子から
果てもなく広がる湾口を眺めていた
彼の眼には　いつも　永遠の海があった

沖は　霧にかすむ北大西洋だが
グリーンランドからの　流氷が溶けこむ
メイン湾の潮は　指には冷たく澄んでいて
確実に　なつかしむに足るひびきを持っていた

「綺麗な港には厳しい税関吏と鱶がいる」
ぼくはいま　そんなスマトラの俚諺を思い出す
ナサニエル・ホーソンは酷吏であったか
この入江にも　鱶が住んでいるのか

ともあれ　あの旧税関の二階の事務室の
海に開く窓の　秋の日だまりには
ぼくが東京で失くした　小さな公吏の椅子もまた
幻のように　置かれているのではなかろうか

（一九九〇年十月・セーラム市）

ハーモニイ・グローブ共同墓地にて

アメリカ合衆国北東部の　古い町セイラム
「緋文字」のナサニエル・ホーソンが生まれた町
大森貝塚のエドワード・モースが没した町
ホーソンは銅像となり　モースはこの墓地に眠る

ここに来て　ぼくは　ふるさとについて考える
辞書によれば　それは自分の生まれた土地
そして　住んだ土地　なじみ深い土地と
なるほど　ふるさとは見事に定義されている

樫《オーク》が茂り　洋楓《メイプル》の黄葉が緑の芝生に散る
モース夫妻の墓所に　香を手向けながら
ぼくは識った　ふるさとのもうひとつの条件は
死者と共に生きる土地である　ということを

ビクトリア期デザインの　上流移民の記念墓像
南北戦争の死者たちの　合同慰霊碑
海霧のようなものに濡れる　晩秋の丘の上には
なおも　飛び交う鳥たちの囀りがあった

（一九九〇年十月・セーラム市）

わが定年の日に

胸に抱えた花束は　どうでもよかったのだが
覆いかぶさる庁舎に　五体投地の礼などできようか
祝福する職員たちの笑顔が　ノッペラボーにさえ見えたのは
ぼくの幸せも　また　ひとしなみだったということか

かの東京駅中央口の　ラッシュどきのコンコースでは
群衆の流れに　足早なあゆみをまかせながら
ぼくもまた　首都圏サラリーマンの一人なのだと
ささやかな衿持に　視線を挙げた日もあった

三十六年の歳月　それらは既に　はるかなる日々だ
いさぎよく脱ぎ捨てたものの　ぬけがらの大いさ
得たものと　失ったものとの　確かなるバランス
はたして　この世の秤に　誤差はなかったのか

いま　手を振って　高層ビル群とも訣別し
不用となったこの革鞄を　放り出しさえすれば
わが架空の旅は終わり　帰宅の日の　その日から
ぼくの　ほんとうの旅が始まるのだ

（一九八四年十二月）

父島二見港にて

洋上のパラダイスとも　オアシスとも　称するのはよい
ただ　この海流の中の島々の　厳しい暮らしの現実は
ことばによる夢想の　むなしさをも教えてくれて
ぼくをして　質朴な初心者に　戻してくれるのだった

呼び名などは　地図上の約束ごとにすぎないが
同じ東京都ではあっても　船旅二十九時間
季節を失くした時代にこそ相応しい　この島々の
なんという明るさ　そして　また　なんという寂しさ

荒れ狂った台風十七号に　民宿の屋根は飛び
ハイビスカスの垣根は　塩害に傷ついてはいたが
一九八三年十一月の　小笠原父島の夜は　あくまでも青く
オリオン座や　カノープスの光りも　南天に眺められた

そのときだった　星屑の滝にも似た銀河を　横一文字に
大きな流れ星が　尾を引いて消えたとき　ぼくは知った
南下を願う　ぼくの見果てぬ夢も　一瞬のうちに消えて
見事な残影となって　いま　この地に留められたのを

（一九八三年十一月）

夕暮れの日本橋にて

お江戸八百八町をまかなっていた　魚河岸と四日市
川風の匂う七っ刻よ　広重の朝の雑踏よ
いま　夕暮れの日本橋にたたずみ　道路元標を尻目に
はたしてぼくは　どこへ旅立とうとしているのか

天を指す橋梁灯よ　きみは自己を許すことができるのか
いたしかたなく踏みつけられたままの　ブザマな影を
おお　戦後の都市計画が　全能者の仕業だとしたら
きみこそ　神への憎しみを　激しく語るべきではないか

レールと敷石に　台車をしきりにきしませて
1番の都電が　よろめきながら橋を渡って行った
消え去った彼の後姿は　ぼくたちの意識の内側で
遠い町ぐらしの幻となって　なおも生き続ける

通り一丁目のビルの　美しいネオンのまたたきが
打ち上げ花火の　はなやかな導火線となって
重い高速道路を　一瞬にして　永遠に消し去る日を
そんな川開きの宵を　ぼくは熱烈に夢みたりする

（一九八二年四月）

わがマドリガル

二階の　大きな窓ガラス越しに　あなたを見送る
ぼくが捧げた　小さなバラの花束を手に
通用門へと　あなたは去る　ふりむきもせずに
つつじの植え込みと　いちょう並木の果てに

青い水玉のワンピースの　後姿が消えたとき
有楽町界隈の　巨大なビルの群れには　いつか
残り香のような　夕闇が撒かれはじめ
声のないぼくの呼び声も　すでに影となった

「もっと早く　お目にかかれるとよかったのね
でなければ　もっと　ずっと遅く……」
あの日　明るい微笑と共に　投げられた言葉を
ぼくは　いま　いとおしく思いかえす

遠い六月の風　あなたは　ぼくの虹の神《イリス》だった
あなたを　悔いもなく去らせたのは
ぼくの腑甲斐なさか　ぼくの気の衰えか
梅雨の晴れ間が　かいまみせた　ひとときの夢

（年月日不明）

蒲田駅東口にて

駅前は　なお　あかあかと極彩色のネオンをつらね
むなしく　人工の真昼を造り出してはいたが
改札をあとに　索漠の心で　わが家路に向かえば
街角の肌にも　疲労が濃くたちのぼっていた

「六郷方面へのバスは　何時までありますか」
だが　ぼくの待つバスは　どこからも出ない
酔ってさまよいながらも　ぼくはひとり
ひたすらに　歩いて帰るしかないのだ

野心のすべてを捨て去った　この町では
海神ポセイドンが死に絶えて　既に久しく
火神ブルカンの衰弱も　またいちじるしい
道筋の廃工場の石塀に映るのは　影絵のドラマだけ

ただ　道連れの冬の月に　なお残るぬくもりは
いま別れてきた彼女の　やさしい微笑みへの想いだ
吹き上げをやめた　ロータリー公園の噴水の
無言のセレナードにも　しばしの耳をかたむける

（一九八三年二月）

江戸橋インターチェンジ附近にて

日射しは既に　アフリカの太陽にひとしく
遥かな硝煙下の　八月の瓦礫の街路が
群立する高層ビルの　街区の背後に浮かべば
炎熱の眺望は　荒廃との見事な二重写しとなる

老いて　身軽さを失った者の　重い心と同じく
あの日　少年の熱い心も　転倒寸前だったのだ
荒廃から荒廃へと走る　都市の連続空間を貫いて
生身の彼が　一途に　背負い続けてきたものは何か

地上掃射に追われ　灼けつく滑走路の果ての
芋畑を　懸命に駆け抜けたこともあった
いま　高速道路の車中で　ぼくが抱えているものは
飢餓の肉体に代わる　飢渇の精神かもしれぬ

三十有余年の夢が　むなしい風景と化するとき
ぼくの心身の衰えも　かなりの重症と言えようか
だが　ふたたび　異形の標識に導かれてはならぬ
大きくカーブして　車はインターチェンジにかかる

（一九七八年七月）

四ッ谷エバンゼリンホール前にて

たくさんの白菊にうずまった　エバンゼリンホール
急逝された　山室民子さんのための　球世軍葬儀
美しい善意だけが　花とあふれている会場では
司令官の大佐が　天国の住まいについて語っていた

スープと　ソープと　サルベーションと
昭和初年に　ロンドンの士官学校から帰った
若い山室大尉が　情熱をこめて説いた　三つのSを
異端の徒かもしれぬぼくが　口の中で繰り返す

世界には　なおも　飢餓と汚染とがはびこり
魂の救いにも乏しい　この東京で　不信心なぼくなどは
召天の民子さんのようには　優しくほほえむこともできず
ついには　地獄へと堕ちるしかないのだろうか

初冬の外堀通りの　見事なプラタナスの紅葉
彼女が　悩める都民のために　コンサルタントを勧めた
メトロポリタンオフィスと呼ばれる　わが職場へと向けて
ぼくの車は　いま　並木を背に　大きくUターンする

（一九八一年十一月）

夜の東京港にて

かつて　あの暗い沖合いに　髪をふりみだして
押しよせていた　海の魔物の群れは　なぜ消えたのか
真昼　おびただしい言葉の花びらにまみれたまま
商船大学の校庭には　八重桜が吹雪いていたっけ

とどろいていた海鳴りも　ついに幻聴だったのか
聴こえるのは　ラジオ海外ニュースの　絶えまない饒舌だ
巨大な石油基地を争い　いまも男たちが殺しあっている
中東はなおも中世だが　指令はこの地からも飛んでいる

ひたひたと　打ちよせてはかえす　黒い海水の鼓動
明るすぎる宵の岸壁の　繋船柱に腰をかけて
いつまでも　来ることのない恋人を待ちわびて
ぼくが　見とどけなければならないものは何か

眠れ　眠れ　ひたすらに　夢魔の再生を願って
やがて　北半球の大都市は朽ち　世界はめぐり
あけがたに　人々は　救急車のサイレンを聴き
ひどくきつい　喉の渇きの果てに目覚めるのだから

（年月日不明）

都井岬にて

はげしい風の中に　伝説の緑の影を背負い
優しい瞳の野馬たちは聴く　海のひびきを
傷痕に　真昼の星たちを散りばめながら
岩を噛む青潮は　不毛の歴史を抱擁する

いま　断崖の上に　あやうく姿勢をたもち
垂直の気流にさからう　蘇鉄の炎群に伍し
渦巻いては消えてゆく　光の文字を息ずかせ
なおも　実りある無言の応答を求めるもの

ぼくの内部に到達し　始源の潮に還る
不透明な痛みよ　危機にみちた平穏よ
この光焔の海を前に　静かに狂うことこそ
正しく理性の業というべきものではないか

おお　暗い相貌をのぞかせる　洞窟の祠よ
走る魚たちのために　遠い明日を祭るがよい
不機嫌な太陽の下で　幻は明るく血を流し
岬は　永遠の都市を　美しく拒絶している

（年月日不明）

城山から

季節の壁に溢れ　苦悩を吹き分ける風と
楠の葉の　みどり重い枝のひろがりから
意図もなく延びる　ひとすじの溶岸道路は
崖沿いに遠く　シラス台地を横切っていく

いくつもの可憐な旗を　なびかせている町の
貧しい果肉のうちに　ひそやかに熟れ充ちるもの
それは　きっぱりと灰燼に帰した未来から　なおも
取り戻すべき　透明な悪意の球体を指し示す

おお　平和の中の死を　その屈辱のためにのみ
繰り返し繰り返す　火の山の香りとその物語に
またしても　菫色の噴煙となりゆく形見を拒み
抽象の匕首で　美しい午後を引き裂くべきか

おびただしい流血に彩られた　歴史の群影が
たちのぼる都市の　白い炎の尖端にねむる
桜島よ　悲しき南の　大いなる母性の土地よ
その児　鹿児島の　不死鳥樹の町の真昼よ

（年月日不明）

略歴

鈴木《すずき》 登志夫《としお》

1928年7月　東京都大田区生まれ

1948年3月　小山台高校より大倉経済専門学校卒（現・東京経済大学）

1949年1月　東京都庁職員となる（大田区配属）

1965年12月　三宅支庁総務課長、都庁生活文化局都民相談室長等を歴任

1985年1月　都庁退職

2021年2月　肺炎のため永眠

『詩集《ししゅう》　わが東京《とうきょう》・蒲田《かまた》・六郷川《ろくごうがわ》』

2021年7月27日　第1刷発行 ©

著者　鈴木登志夫

発行　東銀座出版社

〒171-0014　東京都豊島区池袋3-51-5-B101

TEL：03-6256-8918　FAX：03-6256-8919

https://www.higasiginza.jp

印刷　モリモト印刷株式会社